¡Aprende a leer, paso a paso!

Listos para leer Preescolar–Kínder
• letra grande y palabras fáciles • rima y ritmo • pistas visuales
Para niños que conocen el abecedario y quieren comenzar a leer.

Leyendo con ayuda Preescolar–Primer grado
• vocabulario básico • oraciones cortas • historias simples
Para niños que identifican algunas palabras visualmente
y logran leer palabras nuevas con un poco de ayuda.

Leyendo solos Primer grado–Tercer grado
• personajes carismáticos • tramas sencillas • temas populares
Para niños que están listos para leer solos.

Leyendo párrafos Segundo grado–Tercer grado
• vocabulario más complejo • párrafos cortos • historias emocionantes
Para nuevos lectores independientes que leen oraciones simples
con seguridad.

Listos para capítulos Segundo grado–Cuarto grado
• capítulos • párrafos más largos • ilustraciones a color
Para niños que quieren comenzar a leer novelas cortas, pero aún
disfrutan de imágenes coloridas.

STEP INTO READING® está diseñado para darle a todo niño una
experiencia de lectura exitosa. Los grados escolares son únicamente guías.
Cada niño avanzará a su propio ritmo, desarrollando confianza en sus
habilidades de lector.

Recuerda, una vida de la mano de la lectura comienza con tan sólo un paso.

A Greg, con amor y camisas rosas, siempre.
—F.G.

A Wayne, Emily y Amelia.
—E.U.

Text copyright © 2017 by Frances Gilbert
Cover art and interior illustrations copyright © 2017 by Eren Unten
Translation copyright © 2020 Penguin Random House LLC

All rights reserved. Published in the United States by Random House Children's Books, a division of Penguin Random House LLC, New York.

Step into Reading, Random House, and the colophon are registered trademarks of Penguin Random House LLC.

Visit us on the Web!
StepIntoReading.com
rhcbooks.com

Educators and librarians, for a variety of teaching tools, visit us at RHTeachersLibrarians.com

Library of Congress Cataloging-in-Publication Data
Names: Gilbert, Frances, author. | Unten, Eren Blanquet, illustrator.
Title: I love pink! / Frances Gilbert, Eren Unten.
Description: New York : Random House, [2017] | Series: Step into reading.
Step 1 | Summary: When her pets turn pink, a young girl has a hard time finding them in her pink bedroom.
Identifiers: LCCN 2015043655 (print) | LCCN 2016021308 (ebook) |
ISBN 978-1-101-93737-2 (trade pbk.) | ISBN 978-1-101-93738-9 (lib. bdg.) |
ISBN 978-1-101-93739-6 (ebook)
Subjects: | CYAC: Color—Fiction. | Pets—Fiction.
Classification: LCC PZ7.1.G547 Ial 2017 (print) | LCC PZ7.1.G547 (ebook) |
DDC [E]—dc23

ISBN 978-0-593-17426-5 (Spanish Edition)

Printed in the United States of America
10 9 8 7 6 5 4 3 2 1
First Spanish Edition

Random House Children's Books supports the First Amendment and celebrates the right to read.

¡Amo el rosa!

Frances Gilbert

traducción de Polo Orozco

ilustrado por Eren Unten

Random House 🏠 New York

Mi gato es naranja.

R0462645632

Mi perro es negro.

Mi hámster es marrón.

¡Pero mi cuarto
es rosa!

Mi cama es rosa.

Mis almohadas son rosas.

Mi lámpara es rosa.

Mi escritorio es rosa.

¡Amo el rosa!

No me gusta el rojo.

No me gusta el azul.

No me gusta el verde.

Sólo uso ropa color rosa.

Desearía que mi gato
fuera rosa.

Desearía que mi perro
fuera rosa.

Desearía que mi hámster
fuera rosa.

¡Ups!

Ahora mis mascotas

son rosas.

¡No las puedo encontrar!

¿Dónde está mi gato?

¿Dónde está mi perro?

¿Dónde está mi hámster?

¡Desearía que mi gato fuera naranja otra vez!

Un gato

no debería ser rosa.

¡Desearía que mi perro
fuera negro otra vez!

Un perro

no debería ser rosa.

¡Desearía que mi hámster
fuera marrón otra vez!

Un hámster
no debería ser rosa.

Amo el rosa.

¡Pero amo más

a mi gato, a mi perro

y a mi hámster!